Où est passée la souris?

Comme le papa de Patachou, **Richard Beugné** est
étourdi, il perd tout. Petit déjà, il a perdu ses dents!
Maintenant qu'il est grand, il perd ses cheveux. Il lui
arrive même de perdre la mémoire. Mais, il a encore
sa tête, bien accrochée sur ses épaules. Et il ne perd
jamais le fil des histoires qu'il raconte.

Dans cette histoire, **Juliette Boulard** a bien aimé
l'inversion des rôles : ce sont les enfants qui ont
l'air plus sérieux que les adultes. Comme le père
de Patachou, Juliette a gardé une âme d'enfant.
Pourvu que ça dure, na!

Direction artistique, création graphique
et réalisation : DOUBLE, Paris
© Hatier, 2009, Paris
ISBN : 978-2-218-75398-5
www.hatierpoche.com

Patachou
Tartepomme

Où est passée la souris ?

écrit par Richard Beugné
illustré par Juliette Boulard

HATIER
POCHE

Papa est très étourdi. Il perd tout.

Un jour, j'ai retrouvé ses lunettes
dans le réfrigérateur, à côté
du beurre!

Aujourd'hui,
c'est sa souris
d'ordinateur
qui a disparu.

Maman cherche.
Papa cherche.
Je cherche
moi aussi.

11

Dans le frigo, pas de souris.
Juste des crottes...
en chocolat.

J'en mange deux. Miaaam!

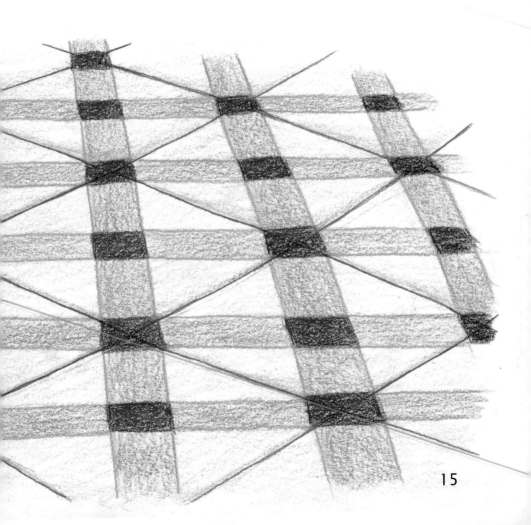

Après ça, j'ouvre un placard.
Je vois un trou au fond. Je crie :
    «Par là!»

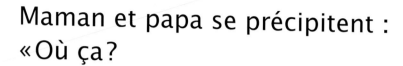

Maman et papa se précipitent :
«Où ça?
– Ici, je réponds, un trou
        de souris.

– C'est malin, dit papa, tu nous
fais perdre notre temps!»

Et il repart, mécontent.

Deux heures plus tard,
toujours pas de souris.

«Je vais en acheter une autre
puisque c'est cha!», s'écrie papa.
Cha? Papa a bien dit *cha*?

Je file jusqu'au canapé. Notre chat Vanille y dort en boule. Et devine quoi?

La souris est là, entre ses pattes!

Dans ce dessin, se cachent Patachou, son chat et la souris d'ordinateur. **Retrouve-les !**

Achevé d'imprimer en France par Clerc s.a.s. 18200 Saint-Amand-Montrond
Dépôt légal n° 112244 - Mars 2009